Sarah Kirsch

Katzenleben

# Sarah Kirsch
# Katzenleben

Gedichte

Deutsche
Verlags-Anstalt

## Verschiedene Zeit

Am Morgen weidet der Nebel
Auf verlassenen Wiesen
Die Stimme des Zwerghahns
Steckt zwischen Tür und Angel.

Die schönen Dächer geduckten Häuser
Näherten sich in der Kälte
Unbekanntes taucht auf aus
Schwarzen entblätterten Gärten.

Im blassen Himmelsgewölbe
Des Vogelzugs alte Schrift
Aufwächst Tellerlands Mietengebirge
Plastiklaken buhlen um Schnee.

# Eichen und Rosen

Ich habe mir in Ferlinghettis Laden
Einen Fahrplan gekauft und sitze im Pullman-Waggon
Und fahre die Küste ab Tag und Nacht und der Dichter
Spiegelt seinen Kuhschädel im Fenster wir fahren
Auf ewig nach Wyoming rein Zeile für Zeile Mann
O Mann ist das ein Tempo und ich sehe ihn mit einer
Krimmerfellmütze in einem Blechdorf die schwankenden
Telegrafenmaste kippen gleich um und die Straßen-
Kreuzer heulen wie Wölfe, auf einer Kreuzung.
Die Welt ist ein Gehöft im Winter wir kommen
Nicht rein fliegender Nebel wenn ich zum Fenster gehe
Und die herrlichen Bäume in Deutschland
Wandern als amerikanische Eichen glühend vorbei
Auf den presbyterianischen Kirchhöfen modern Rosen
Und sein Gedicht knallt weiter Schienenstöße
Böse böse reden schwerverständliche Krähen
Und als es extrem dunkel geworden ist und wir uns
Unübersehbar wohl und Steppe im Blick weiße Heide
In der Transkyrillischen Bahn befinden, komm
Ins Offene Freund und Leben rückwärts buchstabieren
Fragen wir uns was aus den wilden Jungs Jewgeni Andrei
Inzwischen alles geworden sein kann und wir fliegen
Durch die unendlichen nichtabhörbaren Birkenwälder des Zaren
Lew Kopelew winkt uns ein Streckenarbeiter
Mitm Beutel schwarzer Heimaterde zu sein riesiger Kopf
Sein weißer Bart begleiten uns lange sind einfach nicht
Von der Scheibe zu wischen bevor der schöne Waggon
Auffährt in herbstlichen flammenden Flammen.

## Sanfter Schrecken

Der Himmel erinnerte mich
An weiße Veilchen die in der Mitte
Des Kelchs eine Spur Rosa zeigen
Sehr viele weiße Veilchen und ein paar blaue
Wieder war alles gründlich verwandelt
Geschliffene Klarheit vielfache Linien
Die Häuser sehr nah und ihr Innres
Lag durchsichtig vor mir ich sah
Bis in die Seele des Bäckers, die letzten
Erschrockenen Mücken wärmten die Füße
An meinem Fenster, jeder Halm
War geschärft frisch angespitzt und ich zählte
Nebenäste vierundzwanzigster Ordnung
Die Welt bestand aus Einzelheiten
Es war genau zu unterscheiden
Welches übriggebliebene Blatt
Um ein weniges vor oder hinter
Anderem leis sich bewegte.

## Kälte

Gedämpftes Hundebellen laternentragende
Kinder am Martinstag wenn der Heilige
Durchs Dorf und über die Felder reitet.
Die gesprungene Schüssel des Himmels
Die Straße unbedeutender niederer Sterne
So lange unerwiderte Liebe angenommenen
Gottes töten das Herz im Gemäuer der Nacht.

## Schnee

Wie sich vor unseren geübten Augen
Alles verwandelt das Dorf fliegt
Um Jahrhunderte rückwärts im Schnee
Es bedarf dazu einiger Krähen
Kopfweiden am Weg altmodische Hunde
Liebe und Treue gelten du ziehst mich
Über Gräben trägst mein gestohlenes
Bündelchen Holz in den Abend
Lebendiger Rauch hüllt die Dächer.

## Der Schläfer

Wenn nun der Frost kommt krachende Kälte und Winde vom Norden
Spürt der Schläfer schon die eilge Bewegung der Luft
Hört den Eissturm im Traum die Stimmen der Raben
Wenn sie nach Eßbarem gleich eh der Himmel sich rötet
Über die Koppeln hüpfen und sich die Bissen abjagen.
Wahrnimmt er mit dem dritten Auge hinter der Stirne
Ein verändertes Licht und weiß daß üppiger Schnee
Liebend das frierende Pflanzenvolk zugedeckt hat
Väterlich schützend die fetten Zwiebeln schöner Narzissen
Lilien Ranunkeln daß sie später wenns an der Zeit ist
Unsere Gartenbeete verzieren mit flämischen Farben.
Und bevor er sich wohlgefällig die Decke zur Nase zieht
Stürzt ihn ein böser Kobold noch einmal ins städtische Mietshaus
Wo er lau und ohne jegliche Nachricht von draußen
Eingegraben gelegen hat im dumpfen Gemäuer.
Nirgendein himmlischer Schein drang ihm da unter die Lider
Von Etagen umgeben die jedes frische Lüftchen verboten
Tappte er ohne Jahreszeiten gänzlich im Dunkeln
Lichtschächte warfen höchstens das Rufen verwilderter Tauben
Schaurig verstärkt von Mauer zu Mauer ihm in die Kammer
Statt gewaltiger Kranichzüge Ende des Sommers
Innezuwerden hörte er alte hustende Nachbarn
Ihre Wasserspülung bedienen nie gab es Stille
Ewiges Dröhnen und Brausen ließ die Ohren erstarren.
Aber nun hört er den Sturm durch den Eichenhain fliegen
Jetzt dringt ihm Schlittengeläut ins erleichterte Herz.

## Anhaltender Niederschlag

Die schöne dünne Oblate die Wintersonne
Vergebung der Sünden Gottes für Hagel-
Schlag grobe Blitze getroffenes Vieh
Blickt nicht in gefrorene Pfützen die Weiden
Trauern am Zaun Grau abermals Grau
Die einzige Farbe des Himmels so hängt er
Nieder tief in die leeren Äste
Unbeweglicher Bäume denn auch der
Lustige Bruder der Wind hat sich entfernt
Liegt irgendwo auf der faulen Haut.

Meine Unterhaltung ist sehr abwechslungsreich
Lauter Pißgesang einschläferndes Murmeln
Die weiche laue Luft steigt zum Himmel
Was ich je an Freuden erlebte
Büße ich ab unterm Dach ich glaube
Das ewige Rauschen macht mich verrückt
Auch daraus wird nichts es regnet
Anhaltend langweilig nützlich
Wie eine Fabrik es ist vollkommen sinnlos
Nach Regenbogen und Wasserhosen
Ausschau halten einen Sperling erwarten.

## Vorläufige Verwurzelung

Auf den Kälberwiesen steht Wasser
Grasbüschelinseln und hüpfende Vögel
Eiskanten am ausgewachsenen Schneehemd
Die Elstern spiegeln sich schon und die Katzen
Gehen sanft ihrer Wege und jede
Zu anderer eigener Zeit sie schütteln
Die vorderen Pfoten sind majestätisch
Wie ein Sack Scherben klingen die Stimmen
Weidender Perlhühner und immer in Panik
Umgestürzte Schüsseln mit Füßen
Schlagen sie sich selbst in die Flucht

Die Sonne müht sich vergeblich
Der klaren Spiegel der Pfützen halber
Durch die Wolken gelangen im weit
Fortgeschrittenen Jahr, erschöpft sich
In großangelegten barbarischen Untergängen
So sieht die Erde am Ende des Tages
Ungewiß wie ein fremder Planet aus
Mehr noch in der folgenden Nacht
Sternbilder auf mathematischen Achsen
Die vertrauten nicht auszumachen im toten
Weltall oder untergegangen

Wenn ich eins finde muß ich so frei sein
An Raum und Zeit nicht länger zu denken
Sonst flögen die Sterne hart auseinander
Cassiopeia zerkrachte und ich
Hier auf der Kugel ach wassen Stäubchen
Mit meinen ausgeworfenen Ankern

Kindern Katzen Geliebten einhundert
Tulpenzwiebeln im Erdreich Ranunkel-
Händchen daß ich nicht ausreißen kann
Und mich der Irrsinn nicht anfällt

Angehäufter nützlicher Tand
Schafe Post ertrunkener Dichter
Sensen und Sicheln verjährtes Gras
Gummistiefel für schaurige Moore
Schlüssel für Nichts und Wiedernichts
An fernen Küsten habe ich Schwalben
Wahrlich ein Hausstand der leben läßt

Teelöffel der unbekannten Urgroßmutter
Die Verbotenes dachte während ihr Blick
Ranken folgte auf dem silbernen Ding
Hin in den Stall ging Schön
Hühnchen Schön Hähnchen der unverantwortliche
Kuckuck flog übers Dach

## Dritter Wurf

Die jungen Katzen stürzen regelmäßig
Eh sie die Leitersprossen erreichen
Vom Heuboden ab auf das Pflaster des Kuhstalls.
Nach dem ersten Todesfall wirft der Bauer
Stroh unter die Luke die grauen Geschwister
Übernehmen am mütterlichen Bauch
Die Zitze des Wegbereiters ihre Chancen
Zu überleben sind sprunghaft gestiegen.

## Winterpromenade

Mistdämpfe dumpfe fromme Halluzinationen
Die breiten Stirnen die Hörner unter den Locken
Gereihte heilige Kühe auf ihren Podesten
Die Stammutter die Blesse ein Stern
Die Balken und Pfeiler die nackten Wände
Ornamente verlassener Schwalbennester
Strahlenkränze um elektrische Lampen
Heu und Stroh in den Krippen klirrende
Ketten sanfte Blicke gemästeter Ochsen
Das überwältigte ängstliche neugeborene Kalb
Die Stammutter die Gottesmutter das Blut
Scharf von den Steinen gespült weiße Ströme
In der Höhe pulsieren durch gläserne Rohre
Motorengeräusch Milchkesselglocken
Mönchsgesang Sturm wirft sich gegen die Türen

## Reglos

Der Tag kommt an aus den Wäldern
Unsichtbar es schneit in die Grenzen
Von gestern und heute ich kann
Auf der Erde nichts unterscheiden
Alles ist ununterscheidbar und gleich
Die Spuren der Wölfe der Lämmer
Die erfrorenen Hasen deckt Schnee
Er legt sich auf umgeblasene Bäume
Die lebenden will er ersticken
Er läßt die Bäche verschwinden
Moore und Teiche Felder alles ist
Gleich tot und begraben im Dämmerlicht
Sinkender drehender Schnee die Augen
Verwirren sich schwarze Flocken
Asche fällt nicht steigt auf oder der Himmel
Läßt sich herab weil die Geschöpfe sich ducken
Atemlos reglos die Stille wesenlos mondlos
Es ist nicht hell und wird nicht dunkel
Niemand geht auf den Feldern die Felder
Totenfelder wachsen hirtenlos stündlich
Der Schneefall dauert lang wie mein Leben
Ich habe den Namen der Ortschaft vergessen
Und die Straßen aufgehobenen Plätze
Wir befinden uns kurz nach dem Frieden
Wir können uns nicht erinnern was
Alles geschah das ausgelöschte Bewußtsein
Menschenleer gedankenlos kein Licht
Kein Schatten gepunktete Bilder und nur
Die Kraft sich nicht zu bewegen.

## Schonzeit

Maulfaul eine fremde Sprache sprechend die nur
Das Viehzeug versteht fuhrwerke ich mich
Hin durch den Winter mal weiß mal grün
Fällt er hier vor die Füße gestern reicht er
Mirn Hundsveilchen fast ein Schmetterling her
Heute hat er alles mit Schnee überworfen
Dreierlei Krähen wie sie im Buche stehn
Flattern Erbarmen heischend vorm Fenster
Ich schneide den abergläubischen Tieren
Rotbäckige Äpfel auf und erfahre
Den Ausgang der Treibjagd eine wahre
Friedensfeier und übermorgen ist Schonzeit
Die Bauern murren sich was in die Pelze kein Schwein
Diesen Winter nur ein paar Ratten und
Bilche die Hasen in ihren stolzen Gewölben
Weißesten Schnees erzählen von früheren Zeiten
Als *sie* die Jäger noch jagten was die für
Komische Haken schlugen ich geh
Übern Schnee ich geh über das fette
Österliche Gras Anfang des Jahres seh die
Bäche fürchterlich schwellen und leichte
Brücken aufheben später sind es
Häuser und Kinder und der Winter
Fängt erst an sagt der Häher oder der
Langbekannte Pferdekopf sommers wie
Winters hängt der aus dem Fenster und redet
Von härteren Zeiten in denen die flachen
Menschen ihrer wieder bedürfen
Große Zeiten mit Zaumzeugherstellern wenn der Komet
In dieses Sonnensystem hineinfliegt viel Feuer

Sagt er voraus und bläst mir Rotz auf die Backe
›Un na Füür un Ies bleiht int Fröhjahr de
Zittlöschen‹ dermaßen gestärkt und getröstet
Fällt es mir leicht ins Holzhaus gelangen
Die Türen schließe ich dicht und die Fenster
Eisblumen leuchten mich an auf den Dielen.

## Das Gehäuse

Es ist dunkel im Haus Wassergardinen
Fließen vor den Fenstern bis zum Dreikönigstag
Wird die Weihnachtstanne geduldet
Auf den Lichtstümpfen zucken die Flammen
Wind drückt das dichtgefaltete Wasser
Eng an die Scheiben es blühen die
Zwiebelgewächse weiß blau und rosa
Die Dunkelheit fällt aus den Ecken
Schleicht über die Schwellen verkriecht sich
In sich selbst und unter die Betten
Die Stille quillt aus Truhen und Schränken
Und in der warmen greifbaren Düsternis
Die ich durchstoße die sich hinter mir schließt
Die wie violetter Samt herumhängt sich
Aufrollt und bläht in jedem Topf sitzt
Traktiert der den ich liebe plötzlich den Flügel
Mit zu Tränen rührenden Stücken
Die Katze kippelt auf ihrem Lieblingsstuhl
Die Dachrinnen laufen über an den
Vorbestimmten Stellen die betrunkene Seele
Des Zimmermanns klappert im Dachstuhl.

## Der grüne Doppelgänger

Der Himmel bezog sich flatterndes Dunkel
Steht über dem Sumpfloch vollgetrunkenes
Torfmoos hängt sich erschreckend und schwer
An meines Wiedergängers Füße der sich
Nicht fürchtet unter den Fittichen dunkler
Kriechender Wolken und doch vergeblich
Nach dem Abendstern ausschaut nun schöpft er
Atem und sucht seine einzige Seele
In vielen Wasserspiegeln Kreise zu Kreisen
Geordnet schwarze Beeren abgestorbene Halme
Das rostrote Wasser leuchtet und dampft

Ich stelle die Lampe ins Fenster erwarte
Den Abtrünnigen Stunde um Stunde
Sehe ihn allerwege den treulosen
Unseßhaften flüchtigen Flüchtling
Verknotete Haare zerkratztes Gesicht
Nasse Fußspur verwilderte Worte
Schwenkt Teufelskralle und Rautenzweig
Spiegelt sich schon in der Scheibe geht
Durch das Glas mir in den Leib ist in
Wirklichkeit untergekommen.

## Der Winter

Purpurfahnen. Roter Rauch aus den Häusern.
Verrückte ausgepreßte Seelen fahren auf.
In Sonnenblut getauchte Korallenwälder.
Rote Treppen am Himmel die Krähen
Fliegen von Stufe zu Stufe Herzkrähen
Vor Gottes uneingenommenen Thron.

# Machandelboom

Tagealter Nebel ich stecke im Sack
Rückwärts laufen die Uhren im Spiegel
Mausgraue Leute verspielen bei Licht
Flugs meine Hoffnung wolln mir darob
Schuld verschreiben der schöne Soldat
Eine Knochenpfeife zugeben.

## Waldstück

Der Nordwind zerstückelt die Wolken
Sie fahren über den Himmel bis in die
Wölfischen Tundren die Sonne steigt auf
Was sie an den Tag bringt verrammelte
Wälder abgebrochene Hütten im Dickicht
Die Tränen der Demonstranten kein Gras
Wächst darüber legt sich Beton.

## Herzstein

Wenn die Häuser kein Strahl trifft
Nehmen sie die Farben
Umgebender Wolken Gewitterwände
Gnadenloser Feldsteine an
Ausgegangene Backöfen Trauer
Innen und Außen. Ein Ameisenhaufen
Wimmeln die Gedanken im Kreis
Um das Gerippe gestrigen Tags
Kein Stein fällt vom Herzen einem andern
Ins Brett blinde Flecken
Hindern den Blick durch die Scheiben.

# Moorland

Erst springe ich über die Gräben
Die seidenen Unterröcke leuchten
Im rostbraunen Wasser der Wind
Bläst mich von Sode zu Sode im Kreis
Roter niedergeschlagener Gräser
Blasen steigen auf aus den Tümpeln
Grünfunkelndes Moos es keuchen
Die zerbrochenen sinkenden Erlen
Speckige Pilze Koboldkanzeln
Bedecken flatternde Maste
Wie Patronen glänzt der Kot wilder Tiere
Der blitzgespaltene kopflose Stamm
Stellt sich mir in den Weg
Mit ausgebreiteten flehenden Armen
Die Ratte die ehdem mein Gutsherr war
Läuft voran auf befestigten Boden.

## Kunstwelt

Die eilfertige Wintersonne
Hat dem Korn Schaden getan
Frost zerstörte die Wurzeln
Die Felder leblose Teiche.
Ein Wolkenpetersdom spiegelt sich
Niederländische schwarze Krähen
Schlagen die Flügel.

## Schneelose Zeit

Ende Januar in frostklaren Nächten
Setzen die langwierigen Saturnalien
Der ungebundenen Dorfkatzen ein Schreie
Daß dem Menschen die Knochen frieren.
Später bespringen sich Autos die Pfauen
Brülln fürchterlich diese Sucht
Die Welt mit Pfaueneiern belegen
Und Ochsen erwürgen sich
In dumpfer Erinnerung es ist die
Schneelose Zeit in der die Erde
Einen Aschemantel herzeigt die Gänse
Das Land aus den Lüften betrachten
Viel Unterirdisches sich zuträgt
Die Gasfackel über dem Moor steht.

# Kopfrechnen

Der weiße Nebel ist dem grauen gewichen
Die abgesonderten Höfe die leuchtenden
Mistplätze wenigen bunten Hähne
Vermögen nichts gegen die Trauer
Nach Wattenmeer riecht es zer-
Brochenen Deichen Wintertragödien
Verschollene Namen nach Jahren
Taucht der Mantelknopf auf Not
Schleust der Nebel in niedere Häuser
Die Kälber verscheißen sich und die Milch
Wird flockig graue Geschwüre
Liegen die Felder die räudigen
Wiesen randvoller Unglück schwarz
Rauchende Bäche ohne Bewegung.
Eine Mattigkeit sondergleichen
Ließ Flüche und Seufzer verstummen Stille
Dröhnt in den Ohren mit Maulwurfsgesichtern
Sitzen Greise hinter herabfallenden
Schweren Gardinen zählen die Gräber.

## Wenn das Eis geht

Das schöne Mühlrad in meinem Kopf
Unaufhaltsam dreht es sich eingedenk
Mit seinen Schaufeln Versunkenes heben
Es überschlägt sich der Strom hinter den Augen
Ist trübe und klar Strohpantoffeln
Abgeschnittene Locken Heiligenbilder
Treiben darin ersäufte Katzen und
Freundesleichen zuhauf viel Spreu wenig
Weizen gelangt auf den Mühlstein mitunter
Stöhnt das Getriebne bleibt stehn
Was sich verfangen hat bricht mir
Womöglich das Herz mein Mühlbach
Ist ohne Vernunft wenn das Eis geht
Das Rad dreht durch wirbelt Gelächter
Mir in den Leib lockere Sprossen
Schlagen das Unglück kaputt die Schwalben
Fliegen zum einen Ohr rein zum anderen
Raus

# Reif

Die Tage sind endlos weiß der Eismond
Die Schneesonnen ziehen im Nebel
Viel Rauhreif fliegt an legt sich
Um Zweige Gräser und Schilf
Jeden Spinnfaden hebt er leuchtend hervor
Schlittenleinen Fransen und Troddeln
Erschafft er an einem einzigen Morgen
Wächst den Bäumen strahlendes Laub
Stäubt wenn mittags die Schneekönigin
Von den Magnetgebirgen herabfährt
Ach sie will dich mir wegführn fürn
Paar Schlittschuh Eisvogelflügel
Ich schlage sie glatt in die Flucht
Mit Flintenschüssen da lenkt sie
Nach Jütland ein läßt noch
Den See zerspringen

Der weiße Wald reicht in den Himmel
Übergangslos verliern sich die Äste
Die schneeblinden Augen erholn sich
Bei frischen Maulwurfshügeln und Krähen
Der japanische Kirschblütengarten
Ein weißes endloses Schneewehpoem
Kälte und Schönheit ein verdecktes
Schlachtfeld ausgelöschte Schritte
Und wie Inseln darin verschiedene Haikus
Die Taube im Käfig des Reifbaums
Flattert ein klopfendes Herz
Der Eismond die Schneesonnen
Wühlen sich vor aus dem Milchwald
Aus den Zweigen stürzen Lawinen
In weißen Säcken herab auf deren Grund
Blei liegt.

## Tempus hibernum

Wenn die Verzauberung nachläßt der Frost
Eine Pause macht Kräfte sammelt die Wiesen
Fast wie im Sommer liegen der Schnee
Ein dreckiger Rest ist auf glänzenden Teichen
Schmelzwasser steht wenn das Dorf
Seine Stalltüren öffnet die vorjährigen Kälber
Einen Nachmittag traben dürfen und es rundum
Nach Mist Kuhstall und Maismieten riecht
Wenn die Bauern im Wald Holz schlagen die Spechte
Im Garten versammelt sind die Sonne bedächtig
Und eingeschrumpft im immerwährenden Nebel
Hinfällig doch früher den Gang in den Äther wagt
Eine Dorfausgabe eine einfache nützliche
Sonne von der man noch hören wird
Wenn die Felder ihre Vornehmheit ablegen
Die Verwahrlosung sich herzeigt zusammengestürztes
Gewöhnliches Dasein Mistfladen vom vergangenen Sommer
An Ort und Stelle erscheinen Baumruinen
Unter tollwütigen Wolken vagabundieren
Die schwarzen Seelen der Krähen
Auffahren im Wind wenn das Leben
Also eintönig trist und vulgär ist
Unter unholden mürrischen Menschen bin ich
Froh in landläufiger Gegend.

# Fish and Chips

Das holde Gestirn wenn es zu Tag tritt
Himmlische Agitation in Purpur und
Gold jagt schon Wärme ins Kreuz
Einen Mond später werd ich vor Gäa
Auf den Knien mich befinden bei
Grüner Farb Schnittlauch und Veilchen.

## Lichtmeß

Mutmaßliche Kälte treibt die Sperlinge
Gottes windzerblasene Haferkörner
In Scharen durch die Zäune über die Wiesen.
Der scharfe Nordwind der Messerstecher
Trennt die Lebenden von den Toten.
Es zeigen sich allerorten die bärtigen
Fichten des Waldes und Trinker
Mit Kaninchenaugen streben dem Dorf zu.

## Letzter Tag

Einer hat Einem
Geknicktes Stroh
Auf die Schwelle gelegt
Die klappernden Güllekessel am Morgen
Die Verzweiflung des Glöckchens
Wenn der Klauenschneider
Seinen Korn in die Milchkammer stellt.

## Gasthaus

Seit Tagen fällt der Regen so dicht
Und gleichzeitig steigt Nebel herauf
Daß die Welt wahrhaftig sehr klein
Und zusammengeschrumpft vorliegt
Sie reicht knappe drei Meter
Von der Traufe zum Misthaufen hin
Wird seitlich von fallenden
Zäunen und Himbeerruten begrenzt
An denen Tropfen wie Tränen
Fließen Pfützen verschmelzen
Bis das Meer vor der Tür steht.
Ein ordentliches Oben der hohe
Aufgestockte wolkenbefahrene Himmel
Ist nicht auszumachen es bleibt
Nur Fluchen und Türenwerfen
Oder die Kunst in sich selbst
Verloren zu gehen wie rings
Die frühen Hunde und Trinker.

## Der Trochel

Verbogenes Holz das der Wind
Atemlos überfällt und verläßt
Nebel und Wolken ziehn
Durch die ausgebreiteten leeren
Häupter und Vögel und Blitze
Fahren hinein Seufzer
Hingegangenen abgestorbenen Lebens.

Alles war hier vor langer Zeit.
Der zugeschüttete Teich ist gewandert
Den verlassenen Hof hat der Wald
Geduldig zurückgenommen.
Das schwarze Huhn auf der Lichtung
Zeigt sich am Mittag und scharrt
Nach Ohrringen aus Dukatengold.

# Falscher Hase

Die Felder sehen bereitwillig aus
Vögel in kahlen Alleen
Versuchen Sommergesänge trunkene Wagen
Torkeln über die Wiesen pissen sorgsam
Alte Grasbüschel ein süßer Geruch
Ohnegleichen hängt überm Dorf friedlich
Ruhigen Bauchs schläft der Vielfraß
Unter ehrwürdigen Steinen, die Schwalben
Fehlen an allen Ecken und Enden.
O ihr guten versunkenen leichtsinnigen
Seelen und Blumen bleibt in schützender
Trübsal wider die scheinheilige Sonne.

## Die Heide

Die Sonne blendete mich ich ging
Auf irischer Heide
Schnepfenvögel eilige klappernde Flügel
Trugen Herzklopfen ein
Birken schlugen mir grob auf den Rücken
Von weitem hörte ich
Äxte stürzende Bäume
Eine Zeitung die ich nicht lesen konnte
Trieb im Wind, aus den Dünen
Kamen Gestalten mit lichten Haaren
Augen wie Sterne schwebenden Füßen
Wie sie in alten Büchern
Beschrieben werden schossen sich nieder.

## Die Gänse flogen landeinwärts

Wenn der Winter sich wiederherstellt nachdem
Er zwei Wochen die Zügel schleifen ließ
Sonnige Lotterwirtschaft bei geöffneten Türen
Eine Fatamorgana endloser Wiesen die Bauern
Flogen darüber auf flügelstarken krähenden
Treckern allerhand Scheinverrichtungen
Vorzunehmen mit mehreren Hängern
Nun erheben sich an ihrer Stelle
Schwarze Vogeltürme der Sturm bläst sie auf
In niedere Wolken Schnee deckt
Die aschenfarbene Erde den Leichnam
Unter eingesunkener langverfaulender Haut.

Wenn wir zur Tür laufen nach Schritten
Ist es immer vergeblich nur der schneidende
Wind der anhaltende gleichmäßige
Feingemahlene Schnee liegen davor
Schwarze spöttische Augen die Finsternis.
Wir sind hier auf Jahre begraben
Sitzen am Schneefeuer und taun
Unsere schwarzgefrorenen Seelen auf.
Lilienfelder scheint uns das Weiße
Nun schon zu sein wir sind ganz benommen
Vom vielen Wacholder dem fetten Fleisch
Frischgeschlachteter Schweine im Rauch.

## Bewandtnis

Der Pfau verachtet den Hühnerstall lieber
Sitzt er nachts auf dem Schornstein
Wärmt sich den Steiß. Das dünne Mondlicht
Macht ihn gewaltig eine Feder das Auge darauf
Bedeckte mein Fenster. Am Morgen
Fliegt er vom Dach es wird hell.

## Die Geologen

Die abgeschlagene Sonne tagelang
Außerhalb dieser Dampfwelt.
Der Nebel flattert dicht daß den Vöglein
Die Stirnen zerbersten im Flug.
Nach Menschen brauchen wir
Gar nicht zu fragen nirgendwo
Nirgendwer kein Briefbote
Nicht der Hausierer mit
Hexenschußpflastern Fremdlinge
Teilen sich durch Erschüttrungen mit
Die bellende Kartaun Tilly
Oder die Schweden.

Der Sprengmeister und der Bohr-
Meister tappen im Milchwald mit
Brennenden Lunten schlagen hin
Über Stolperwurzeln die heidnischen Gruben
Sammeln sie auf, der grüne Koffer
Dynamit in prallen eckigen Säckchen
Kracht auf den Opfertisch bedenklich
Neigen sich entwurzelte Bäume.
Die Alte prustet ins Fäustchen
Sitzt auf der Gasblase eh und je gibt sie
Für kein Seelenheil her die Erdvermesser
Beißen ins Gras.

## Kahlfrost

Die Natur hat einen Grad der Kargheit
Und Verkommenheit erreicht der durch nichts
Überboten werden kann, grau und verkrustet
Tiefgefroren liegt die Erde darnieder kein Aufwand
Mit jagenden Wolken Schneefall ovalen Sonnen
Die Verzauberungen sind gänzlich abgeschlossen
Die Feste wurden sämtlich gefeiert die erwarteten
Kälber geboren die Fenster im Kuhstall lange geputzt.
Die Bäuerinnen häkeln schwarze verdrossene Spitzen.

## Beständig

Der schwarzbunte Himmel über den
Backsteinhäusern gelben Wiesen
Die sich neigenden blattlosen Bäume
Die rote Katze auf dem Sockel der
Klärgrube das freischwebende Dach
Einer zusammenfallenden Scheune
Verbreiten in Kumpanei mit der
Mittagsstille eine süße Melancholie.
Traumverloren findet die Schere
Sich am Hals zurecht schneidet Haar
In dicken Bündeln singenden Tons
Sanft kehrt sie ins Schubfach zurück
Die Haarschnitterin sieht einen Vogel
Rückwärts fliegen glaubt nicht an Gott.

## Nördlicher Garten

Die Rotdrosseln stehen im Regen
Der Südwind blies sie mir auf die
Füße das Rot steckt ihnen tief
Unter den matten Flügeln.
Klingelndes Rufen der Herde
Bewirtung eh der Flug wieder beginnt
Nach Kelloselka den Vogelbeeren
Im Garten des wortlosen Dichters.
Wie Rotdrosseln zwischen Blättern
Rascheln Bilder im Kopf, stark
Schlägt das Herz unter dem Flachmann
Wenn er vom Gletscher zu Tal fährt
Rauchender glücklicher Reifen.

## Willkommen

Wenn das Eis reißt der Wind
Umspringt die Richtungen wechselt
Dem Licht eine Gasse schlägt wieder
Zustopft hohen gebogenen Bäumen
Die letzten gezählten Blätter abnimmt
Naht der Metzger hält seinen Hut fest
Und betritt die weißgescheuerte Küche.

## Anfang des Tages

Die Treibhausblumen leuchten in der
Dämmrigen Diele, hinterm Rücken des Hauses
Feiert die morgendliche sehr frische Sonne
Märzorgien die Alte ist wohl durch den
Winter gelangt schmückt sich mit Glaube
Liebe Hoffnung die Krone stachelt Vögel
Zu Lärm an sie schleppen Halme stürzen
Und steigen und Katzen schweben nach
Der Maulwurf beginnt sein einsames Handwerk
Alte Frauen gehen in Gärten sie zählen
Blumen vertreiben Hühner glätten Mulden
Sind sehr zufrieden über der Erde wenn sie
Der Männer gedenken die schon am Rande
Des Dorfes angelangt sind in Särgen.

## Reigen

Die bleichen flechtenbewachsenen Maste
Beginnen zu kreisen am Mittag
Wenn der Wanderer naht die weiße
Lenzsonne über dem Scheitel auf
Schwankendem Boden sein Blut
Schießt durch enge silberne Pfeifen
Das Licht zerspringt in glühenden
Überfließenden Kesseln Kaninchen
Rollen im Torfstich.

## Die Wolken

Nun ist die Welt hinter den Scheiben
In stärkerem Maße ein ausgebreiteter
Schwarzgemalter Worpsweder Bogen
Die Moore glänzen es gibt nur noch
Moore der Mensch einer Mutter Sohn geht
Getreten geschlagen ein Bastard hin
An dunkelroten überfließenden Bächen
Der erstarrte Wald birgt die Totenvögel
Zäune halten gepfähltes Leben
O die schwermütigen lackbemalten
Harten die Menschen verwüstenden Wolken
Traumverlorenen Bäume über den
Hündisch geduckten Häusern aus denen
Rauch kriecht unbändiges stumpfes Verlangen
Nach Tanz schäumenden Schützenfesten
Niedergeworfenen weißgekleideten Mädchen
Faustkämpfen wenn das Messer schwer
In den Kleidern liegt und ins Licht will

## König Philipp

Die Schwalben sind da die
Kartoffeln durchbrechen faltig
Voller Sorgen die Erde
Alle Wiesen begrünten sich festlich
Schwebt Schaumkraut über den Halmen
Die Felder sind rundum bestellt
Letzte Fröste fressen die Kirschen
Wenn alte Weiber den Schlaf
Nicht opfern und Rauch
Aus Teerfässern steigen lassen.
Aber die Drosseln schreien um Philipp!
Sich die Kehlen wund früh am Morgen.

## Zeitung

Spät wurden in diesem Jahr die Schafe geschoren
Die Kühe drängten sich länger als sonst in den Ställen
Wenn die Bauern elektrische Zäune flickten
Hörten sie diesmal umsonst auf den Kuckuck
Die Schwalben kamen im letzten Moment hatten Mühe
Auf leichten Flügeln ihr Mahl zu erlangen.
Dieser harte und gnadenlose sehr lange Winter
Der Schneepflug am heiligen Osterfest ließ die Menschen
Erstarren und unempfindlich gegen geringe Freude
Ihre Sisyphosarbeit tun alle Rosen
Waren auf Jahre erfroren und noch in kleinen Blättern
Fanden sich Mutmaßungen über kommende Kriege.

## Unauslöschbares Bild

Das müssen die Vorgängerinnen im Blick gehabt haben im Frühjahr oftmals durch die Jahrhunderte sonst könnte mein Seelencomputer nicht so zu rasseln beginnen Verbindungen knüpfend zu bestimmter Empfindung. Dieses alte einfache Bild ist ein gewaltiger Anblick, das bewirken die Dolomiten nicht nicht der Zürichsee in verschiedener schöner Beleuchtung. Ruckartige Freude, die Gewißheit auf der Erde zu stehn. Nie habe ich ehrwürdige Schränke Barockgemälde alte Ringe geerbt
Nur die Erfahrung steckt in den Knochen
Einer Wiese im fettesten Grün
Gelbe und weiße Blumen und blaue
Glänzende niedrigfliegende die Gräser
Berührende Schwalben in ihren
Schnellen lebendigen Mustern.

## Bewegung

Die Nachbarhäuser zerstreuen sich wieder
Die Fliehkraft der Erde der üppige Frühling
Drängen sie an den Horizont Koppeln und Wiesen
Dehnen sich aus die aufgestellten Kühe
Legen lange Wege zurück die Blumen
Dornen und Vogelnester viel dichtes Gesträuch
Ist nun ins Land geworfen die Eichen
Holen ihr Laub vor schließen mich ein.

## Gloria

Das Reich der Pflanzen gewinnt an Boden
Breitet sich aus unaufhaltsam und mächtig
Seine Farben die Banner in fünf Etagen
Wehen an Eschenschäften auf in den Himmel
Die platzenden Wiesen verschlingen die Kühe
Hellgrüne Ketten von Erbsen des Rettichs
Durchziehen den Garten kopfgroße Blumen
Locken Hummeln und Käfer ins Licht
Das närrische Unkraut viel Stengel
In eine Pore gestopft rote Pestwurz
Welscher Kümmel Knöterich Mohn alles drängt sich
In alter Weise unter der Sonne die letzten
Patronen des Winters schönes Wasser
Darin nun die Frösche rudern
Und wie verschwenderisch gehen die Veilchen
Mit ihren Kindern um eine Schleppe
Frischer Pflanzen in allen Größen
Führt vom Hügel über die Wege die übrigen
Beete die Treppe unter die Tür.

## Die Ausschweifung

Keinen Hut nur die Hennahaare aufm Kopf
Unter Mittag leidenschaftlich den Pfeilen
Der Sonne ausgesetzt in strahlenden Beeten
Ohne Schatten von Haus und Baum
Kniend verwünschtes Unkraut ausreißen
Wunderbare sich selbst verschlingende
Wiedergebärende Kreise lackrote Räder
Drehn sich im Kopf Schwärze und
Schwindel brechende Dämme
Hundegebell am Rand des Bewußtseins
Der Kuckuck aus einer anderen Welt
Die Reihen schlingern im Beet Borretsch
Und Pimpernell tanzt durch die Melde
Nur die Hände sind ganz lebendig
Sinken und steigen
Wie ein Paar Schwalben.

## Spieluhr

Der verwunschene verwilderte Garten
Hält das alte sich neigende Haus
Vergißmeinnichtteppiche blaues Email
In zerfallenden Fundamenten
Ich sah die Mauern der Schmiede den Ring
Ackerpferde zu halten
Roßkäfer laufen am Mittag
Über schmale unveränderte Wege
Der zugeschüttete Brunnen rauscht
Ein Vogel singt mit zerbrochener Stimme.

## Die Dämmerung

Es ist dunkelgrün unter dem Regen
Den alten Gewölben der Eichen
Halshoch das ungeschnittene Gras
Die tiefen schleifenden Wolken
Treffen Menschen die auf dem Grund
Des Meeres in versunkenen Dörfern
Träumerisch umgehn und Hunde schweben
Durch ein widersinniges Dasein
Die schwarzen Algen der treibende Tang
Schwimmenden Vögel fliegenden Fische
Bringen viel Unruhe mit sich
Über den Dächern sehn wir die Kiele
Englischer Kriegsschiffe ziehn.

## Gärtners Weltbild

Die Erde ist flach ein Teller
Die Sonne wandert von Ost nach West
Winde fallen aus ihrer Richtung
Kälte bringen sie Dürre und makellos
Tiefgrüne Felder langwierige Plagen
Goldgebänderter Raupen ein Riese
Liegt der Garten im Garten
Das Rückgrat die Rippen die Wege
Wasseradern verzweigt unterm Pelz
Die wetterwendische Haut
Des Gärtners gleicht schon der Erde
Schöne Falten und Augenmuster Geduld
Und Hoffnung mit Löffeln gefressen platte
Landgängerfüße vom Gießkannentragen
Die leichte ausdauernde Seele
Geht und kommt wie sie will.

## Die Entrückung

Die Sonne schleudert unbarmherzige Hitze
Dem Grabenden auf den gebeugten Rücken
Flüche hört er verschollner Gestalten
Den uralten Kuckuck und das Gewese
Der frommen einfältigen Lerchen er sieht
Im weißen brechenden Licht
Wolkenlos Gottes Thron, auf den Stufen
Die heiligen Ackerpferde stehn
Die nun allerorts fehlen.

## Steinherz

Kalte Füße mitten im Sommer nach der
Pfingsthitze der Backofenglut endloser Tage
Schafskälte sie geht den geschorenen
Tieren den Menschen hin auf die Haut
Macht ein tragbares unempfindlich
Schönrauhes Herz das die Bilder
Verschiedener junger Kriege
Auf dem Planeten aushalten läßt.

Nach der Nacht im Wirtshaus gehen die Bauern
Reumütig Steckrüben pflanzen im Wind.
Die Bäume verneigen sich und es blüht
Mit blanken Tellern verwunschner Hollunder
Totenaugen im Schatten der Blätter
Selbstvergessenes Plappern und Seufzen
Runde dörfliche Regen
Schütten sich aus und die Vögel
Rufen Menschennamen über die Felder.

## Augentrost

Das grüne Gewebe des Gartens wiederkehrende
Muster aus Zwiebelschäften rankenden Erbsen
Fremde Entwürfe die Kürbisblätter Licht
Und Schatten in aufgebundnen Tomaten zärtliche
Kugeln Kohl und Salat Petersilienkanten
Treuer Schachtelhalm Woche für Woche
Geneigtes dunkles Kartoffelkraut über den
Furchen und Akeleien fliegen am Wegrand.

## Kleine Vergangenheit

Die Köpfe der mannshohen Spiräen
Sahen ins Fenster und leuchteten
In der kurzen Dunkelheit Ende Juni.
Hollunderlichter schwankten am Zaun
Die Schattenrisse der Hufeisennasen
Standen vorm ausgeblichenen Himmel.

## Musikstunde

Seine Mutter lehrt meine Gartenfinger
Über die Tasten zu springen
Das Pianoforte hat einen Riß
Bellt daß dem Sahnekännchen
Widerstandslos der Henkel abbricht.

Ich wende mich sanften Dingen zu
Wie der Hausherr im Rollstuhl
Die Gartentreppe hinabfährt
Über die grauen Schleifenblumen
Und keine Spur hinterläßt.

## Raben

Die Bäume in diesen windzerblasenen
Das Land überrollenden Himmeln
Sind höher als die zusammengeduckten
Gluckenähnlichen Kirchen, und Wolken
Durchfliegen die Kronen die Vögel
Steigen von Ast zu Ast kohlschwarze Raben
Flattern den heidnischen Göttern
Hin auf die Schultern und krächzen
Den Alten die Ohren voll alle Sterblichen
Werden verpfiffen schlappe Seelen
Über den Wurzeln und ohne Flügel.

## Wetterbaum

Die grasende hinkende Taube
Blickt fromm wenn verschimmelte Körner
Aus der Greisenhand regnen.
Über dem roten zerfallenden Haus
Die Schwelle längst eingenommen
Von Schöllkraut und Kletten
Über zersplitterten Blätterkronen
Erhebt sich ein firnweißer Baum.
Der aufgeblähte Schweinekadaver
Das Grausen am Wegrand
Versinkt in Gewitterblumen.

## Lamento

Alles wächst mir über den Kopf
Kletterrosen angenommene Bäume
Lange vergessen die knorrigen Pfähle
Boreas standzuhalten die sanften
Wassergüsse und Torf und Reisig
Über die wunden Füße vor Wochen
Kämmte ich ihnen Kerfe und Raupen
Körbeweis aus jetzt stehn sie
Grün und elegant an den Ecken
Lungern ums Haus sehen auf mich
Ihren Sklaven rauschend herab
Und werden mich glatt überleben
Bohnen pflücke ich von der Leiter
Der Kürbis flegelt sich faul in den
Beeten Sonnenblumen und Mais
Klopfen mir auf die Schultern
Das Kind geht in meinen Schuhn
Erhaben über den Wolken.

## Atempause

Der Himmel ist rauchgrau aschgrau mausgrau
Bleifarben steingrau im Land
Des Platzregens der Dauergewitter
Die aufgequollenen Wiesen die Gärten
Verfaulen und Hunden sind über Nacht
Flossen gewachsen sie tauchen
Nach jedem silbernen Löffel der
Aus dem Fenster fällt wenn augenblicklich
Behäbige Marmeladen bereitet werden
In Küchen bei gutem Wetter durchflogen
Von Bäurinnen Heu im Gewand Dampf
Im Hintern auf Rübenhacken am Mittag.

## Leben

Der Wind öffnet und schließt
Unaufhörlich die Stalltür
Winseln und Stöhnen
Rings in den Lüften
Wellen durchlaufen den Körper
Eines fuchsroten Katers der über
Die ungeschnittenen Wiesen geht.

## Müdigkeit

Die stille Nachbarin hinter der Hecke
Fieberrosen im Angesicht
Niederfallender Blumen
Sanftes Uhrengeräusch
O die vergeblichen Wünsche die
Wiederkehrenden Blumen.

## Zugeflogene Rose

Ersprießlicher ist der Umgang mit Pflanzen
Sie kehren wieder oder es herrscht
Gewißheit daß sie in einem einzigen Sommer
Ihr grünes Leben verschleudern Unfälle
Sind leicht zu ertragen die abgemähte
Einst zugeflogene Rose
Wird durch den Kürbis ersetzt und die
Bäume sind fast unschlagbar
Dauerhafter als der eigene Leib
Braucht der Liebhaber sich nicht
Um ihr Fortkommen sorgen der Tod
Hinsinkender sturmgebrochener Riesen
Ist ein erhabener schmerzloser Anblick.

## Der Morgen

Zephir haucht Kühlung über die Wiesen
Trägt den Geruch frischen Brots
Liederlich mit sich am Anfang
Sonnenverbrannter glühender Tage
Ich geh meiner Wege Floras Geschöpfe
Ordergemäß mit Wasser versehn allerhand Finken
Treiben mich an leichtbewegliche
Kehlen bis Kälber den Grasplatz erreichen
Gähnende Bauern Federn im Haar
Ihre Mähmaschinen besteigen mit Hü und Hott
Wie im Traum in die Gemarkungen fahren.

## Weglos

Die Wege im Garten sind untergegangen
Alle Pflanzen verstrickt und verknotet
Ein lebendiger schreiender Teppich.
Das Volk geneigter Sonnenblumen
Hat eine Mauer errichtet.
Es bleibt nichts andres als schwebend
Der Nabel die Zehen deuten zu Boden
Den Rock aufgebunden über dem
Sitzfleisch das im Sommer nichts taugt
Der Arbeit nachkommen in leichter
Überirdischer Haltung rauchend die
Bienenpfeife.

## Die Stille

Mittags spielt das Klavier von allein
Die Mahlerschen Posthornkonzerte
Angehaltener Abschied herzzerreißend
In knisternden Blumen.
Im anderen Laub
Schwarze Trübsal Geräusch
Sich berührender Blätter.

## Blaue Kugel

Wenn ich mir jetzt einen Pfarrherrn
Meines Vaters Vater betrachte
Wie er vor Jahren den Garten betrat
Die Sonne schoß durch die Zweige
Die Ranken Jelängerjelieber
Streiften sein Predigermaul
Er sah in der kopfgroßen gläsernen
Kugel die gebogene Welt
Zuvörderst sich selbst im glänzenden
Schwarz einen alten Hut
Auch aufm Kopf wie er atmete wie die
Derbe polnische Landluft
In ihn strömte der Nase entwich
Er blies einen Falter
Nach Krotoszyn hin und die Sonne
Wärmte den Leib ihm gehörte
Der Tag hier er ging
Ohne an jemand zu denken
In die runden gewölbten Wälder
Es ist ein merkwürdiges Gefühl
Ihn so aufrecht zu sehen in seiner
Gegenwärtigen Zeit die auch in Zukunft
Vergangenheit heißt wie die meine.

## Katzenleben

Aber die Dichter lieben die Katzen
Die nicht kontrollierbaren sanften
Freien die den Novemberregen
Auf seidenen Sesseln oder in Lumpen
Verschlafen verträumen stumm
Antwort geben sich schütteln und
Weiterleben hinter dem Jägerzaun
Wenn die besessenen Nachbarn
Immer noch Autonummern notieren
Der Überwachte in seinen vier Wänden
Längst die Grenzen hinter sich ließ.

## Die Verdammung

Weil ihm zu sterben verwehrt war
Angekettet dem heimischen Felsen der Blick
Auf die ziehenden Wolken gerichtet und immer
Allein die Bilder im Kopf stimmlos
Vom Rufen Anrufen Verdammen
Das Leben fristen war nicht zu bedenken
Göttliche Hinterlist nährte ihn so gewöhnte
Er sich langsam ins Schicksal nach Jahren
Sah er den Adler gern wenn er nahte und sprach
Stotternd mit ihm bei der Verrichtung

Oder mit entzündeten Augen verrenktem Hals
Weil der Flügelschlag ausblieb die niederen Wälder
Aufschub ihm angedeihn ließen um Tage
Harrte er des einzigen Wesens und glaubte
In der Leere des Winds der glühenden Sonne
Wenn der Fittiche Dunkel fürn Augenblick
Erquickung schenkte geborgen zu sein
Liebte den Folterer dichtete Tugend ihm an

Als die Ketten zerfielen der Gott
Müde geworden an ihn noch zu denken
Der Adler weiterhin flog weil kein
Auftrag ihn innezuhalten erreichte
Gelang es ihm nicht sich erheben den
Furchtbaren Ort für immer verlassen
In alle Ewigkeit hält er am Mittag
Ausschau nach seinem Beschatter.

## Die Flucht

Hans Wurst springt über die Felsen
Der Faltengebirge von Klinge zu Klinge
Sanft ziehen die Flüsse in ihre Meere
Aus den Kesseln der Städte steigt Rauch
Die Friedensstifter in kleinen Privatflugzeugen
Sind pausenlos unterwegs in den Lüften.

## August

Badewannen verschiedenen Stils
Stehn auf den Weiden das bunte Vieh
Brüllt unterm Hundsstern die letzten
Lebenden Blumen leuchten wenn nachts
Der Bauer seine Felder abmäht.

## Regenzeit

In den Häusern brennt Licht grüne Äpfel
Leuchten aus abgestorbenen Blättern
Die verdammte Hellhörigkeit heißer Tage
Jedes Wort aus den Kammern Flüche und
Kälbergebrüll explodierende Trecker
Ist dauerndem Rauschen gewichen, lautlos
Wird das Korn auf die Speicher geblasen.

## Die Erinnerung

Eine dreibeinige schwangere Katze
Humpelt über den Weg
Und Elstern chinesische Seidenpapiere
Spreizen sich in der Luft
Wenn ich Milch in die Kannen schöpfe
Seh ich durchs Spinnengitter
Der Urahn auf sonniger Heide schnitt
Kraut für das Schaf Gras für die Ziege.
In den Taschen nur Donnerkeile
Dachte er angesichts dieser Armut
Das Land erreichen hinter den Wassern.
Das Dreibein die Vögel durchkreuzen den Blick.
Ich gehe im Regen über die Wiesen.

## Gebannt

Tagelanges Rauschen des Winds
In alten bewegten Bäumen
Er fährt ihnen ins harte Laub
Daß die ausgebreiteten Äste
Aufgeworfen werden mit flehender
Widersetzlicher Gebärde
Schon fallen Eicheln zu Boden
Hellgrüne Pfeifchen voll Bitternis
Das junge erstaunte Vieh
Duckt sich über den Wurzeln ins Gras
Anhaltendes hohes Tönen die singenden
Zungen die Blätter der Nachhall
Hinter der Stirn erzeugt eine Demut
Die reglos gefangen hält.

## Albumblatt

Die schwarzweißen wiederkäuenden Kühe
Liegen zärtliche Klumpen auf
Erzengelwurzwiesen die Katze
Gleicher Farben duckt sich am Zaun
Drauf Elstern springen und schrein
Unter tiefhängendem feuchten Gewölk
Geht die zugeknöpfte Bäuerin im Joch
Erfüllbarer Pflichten schnellen Schritts
Lackierte Kohlköpfe schneiden
Begleitet von Schmetterlingen.

## Spinnengarn

Nebel weht Töchter des Herbstes
Auf großen blassen Füßen springen sie lautlos
Von Tür zu Tür strecken sich in die Kronen
Der Bäume die nun allerorts Früchte tragen
Heften die Tücher das Laken der Windsbraut
An Dachrinnen fest daß uns der Blick
Verwehrt ist Aussicht ins grüne Land
Durch die Erinnerung geschieht
Einmal der Landkartenleib einer tragenden Kuh
Auftaucht aus feuchtem flatternden Leinen.
Die nahen Blumen der Türsteherwacholder
Sind völlig verstrickt Spinnengarn weißgraue Schnüre
Hängende Brücken verspannte Pfeiler Gewölbe
Um schwarze Beeren und Wassertropfen stumpf
Ohne die abgeschlagene blitzende Sonne.
Nicht der geringste Ruf keine mächtige Stimme
Dringt uns ins Ohr wenn wir frierend
Auf Steintreppen stehn die nirgendhin führen.

## Querfeldein

Wir sprachen unterirdisch erst durch die
Heide Steingräber heulten im Wind dann
Mecklenburg Brandenburg durch und es war
Ein herrlicher Morgen Veilchenwolken
Über Chausseen hochfliegende Schwalben
Wir hörten die Kühe über den Kabeln
Unsere unvergeßlichen treuen Stimmen die
Kiebitze ordentlich schrein die Sicherheit
War mit von der Partie Elke sagte
Wie mühsam es ist Tag und Nacht
Ein Atemloch offen zu halten ich sah sie
Im lichtlosen Wald als es grenzenlos schneite
In durchgelaufenen Turnschuhen stehn.

## Herbstrauch

Auf den gesegneten Feldern durch
Steckrüben Mais rücken Kolonnen
Pausenlos vor, das panische Vieh
Galoppiert in elektrische Zäune.
Fallschirmspringer über dem Kirchdach
Die eigene ruhmlose Anwesenheit
Im Totenspiel ungewisser Bedeutung
Zerstört den Bewohnern die Sinne
Schüttere Wesen bergen sich
Im Dorf der zermahlenen Steine.

## Bäume

Früher sollen sie
Wälder gebildet haben und Vögel
Auch Libellen genannt kleine
Huhnähnliche Wesen die zu
Singen vermochten schauten herab.

## Weltrand

Die abgeschlagenen Köpfe der Kühe
Schweben im Nebel über den Wiesen
Wenn der gehörnte Pfarrer am Abend
Mit roten Augen im Torfstich umherirrt.
Die letzten Vögel des Sommers reden
Mit vernünftigen menschlichen Stimmen
Es gilt Abschied zu nehmen von allen
Vertrauten Blumen und Blättern.
Halb steht die Sonne über dem
Wald halb ist sie unter.

## Geröll

Mühlsteine Schleifsteine aufgerissene
Schern spitze Messer wohin ich auch
Blicke leere Himmel abgestorbene
Felder die überschlagenden
Glocken im Turm der Leichenzug
Weitsichtbar auf dem einzigen Hügel
Grabsteine Flursteine der hohe Mut
Flog mit den Schwalben davon.

## Unausweichliche Kälte

Ich saß mit einer weißgrauen Katze
Die keinem gehört in der späten
Langsam verlöschenden Sonne
Trägheit umgab uns daß wir
Nicht fähig waren den Ort zu verlassen.
Die Kühe rupften am spärlichen Gras
Und husteten mit menschlicher Stimme
Die Katze war schwanger ein hartes Leben
Zeichnet sich ab vor fallenden Blättern.

## Sanfte Jagd

Die lebendigen glühenden Blumen
Taubenblaues Gefieder halshoher Astern
Seeigel-Dahlien gesträubt auf dem Grund
Versunkener Dörfer brennende Liebe
Bevor der Frost sie in einer Nacht
Schwärzt und die Hinrichtung vornimmt
Bringen das Herz unterm Wolfspelz zur Strecke.

## Feuerofen

Die Toten steigen im Herbst auf aus den
Strömen und Flüssen willfährige Winde
Führen am Himmel bewegte Bilder den Ausgang
Mördrischer Schlachten vor hingeworfene
Leichen erfrorene Seelen geschnürte
Kehlen Körper von grauen Fetzen gehalten
Schweben über den weggebückten ackernden Menschen
Eh sie zerblasen werden die Sonne
Im Spiegel des Himmels erneut
Trostlos pathetische Wolken
Aufstehn und wandern läßt.

## Glashaus

Zäune verlassener Koppeln
Drosseln und Ammern
Ruhlose Seelen fahrendes Volk
Das mich aus Perlenaugen betrachtet
Wenn ich sorglos ohne Bedenken
Über Schwellen steige so süße
Worte im Kopf Bilder vor Augen
Daß noch der Spiegel beschlägt
Herzklopfen schöne
Nelkenbuketts auf den Brüsten der Mund
Vom Allerweltswort dünngeschliffen
Empfindlich wien gläserner Nachttopf
Schönglatt schönrot schaukelnd und
Zweifelnd das Haar.

## Dunkelheit

Und wenn sich die Stimmen Schwester es
Brennt der Wildgänse nachts überschneiden
Geh ich von Fenster zu Fenster höre die
Sturmgeschüttelten Bäume
Anklopfen um abgefallene Blätter.

# Inhaltsverzeichnis

CIP-Kurztitelaufnahme der Deutschen Bibliothek

*Kirsch, Sarah:*
Katzenleben: Gedichte/Sarah Kirsch. –
Stuttgart: Deutsche Verlags-Anstalt, 1984
ISBN 3-421-06161-0


Umschlagentwurf und Typographie:
Hans Peter Willberg, Eppstein
Umschlagfoto: Stefan Moses
Gesetzt aus der Walbaum-Antiqua
Satz und Druck: Offizin Chr. Scheufele, Stuttgart
Bindearbeit: Wilhelm Nething, Weilheim-Teck
Printed in Germany